독후감 쓰기
우리 고전

견우와 직녀 외

양난영 선생님과 함께 하는

독후감 쓰기 우리 고전

견우와 직녀 외

초판 1쇄 2013년 3월 15일
글 책글놀이
그림 신나경
펴낸이 조영진
펴낸곳 고래가숨쉬는도서관
출판등록 제406-2012-000082호
주소 경기도 파주시 문발로 115, 302호(문발동, 세종출판벤처타운)
전화 031-944-9680
팩스 031-945-9680
홈페이지 www.goraebook.com

ISBN 978-89-97165-25-4 64810
ISBN 978-89-97165-24-7 64810(세트)

이 도서의 국립중앙도서관 출판시도서목록(CIP)은 서지정보유통지원시스템 홈페이지(http://seoji.nl.go.kr)와 국가자료공동목록시스템(http://www.nl.go.kr/kolisnet)에서 이용하실 수 있습니다.(CIP제어번호: CIP2013000979)

양 난 영 선 생 님 과 함 께 하 는

독후감 쓰기
우리 고전

견우와 직녀 외

글 책글놀이
그림 신나경

고래가 숨 쉬는
도서관

책 읽는 것은 재밌는데 독후감 쓰기는 싫은 친구는 없나요? 분명 있을 거예요. 그런데 어른들은 책을 읽고 나면 꼭 느낌을 물어보고, 독후감 쓰기를 강요하지요. 왜 그러냐고요? 독서만큼이나 '쓰기'도 중요하거든요. 쓰기는 반드시 훈련이 필요하답니다. 아무리 책을 많이 읽어도, 말을 잘 해도, 쓰기 훈련이 되어 있지 않으면 마음먹은 대로 글을 쓸 수가 없어요. 이제부터 차근차근 독후감 쓰기 연습을 해 보아요.

■ 독서 전 활동 **두근두근, 어떤 이야기가 펼쳐질까?**

예를 들어 오늘 읽을 책으로 '견우와 직녀'를 고른다면 무슨 생각부터 할까요? '견우'와 '직녀'가 사람 이름일까, 동물 이름일까, 어떤 이야기일까, 이것저것 궁금하지 않을까요? 그래요. 책 읽기는 이러한 궁금증부터 시작한답니다. 그런 뒤 다음의 활동들이 따라요.
- 책 제목과 표지 그림을 보고 어떤 이야기가 펼쳐질지 상상해 보아요.
- 책 표지와 뒤표지에 있는 글을 읽은 다음, 차례도 순서대로 읽어 보아요.
- 책을 펼쳐 그림만 쭉 보면서 책 내용을 상상해 보아요.

엄마 가이드 글을 잘 쓰기 위한 가장 중요한 비법은 무엇일까요? 막상 책을 덮고 글을 쓰려고 하면 아무런 생각도 나지 않은 경험이 있지요? 우리 어린이들도 마찬가지랍니다. 따라서 다양한 방법으로 독서 전에 흥미와 관심을 유발시켜 주세요. 과학책이나 역사책 등 지식 정보 책을 읽기 싫어하면 관심 있는 주제부터 먼저 읽도록 권해 주세요.

■ 독서 중 활동 **재밌는 곳은 포스트잇을 빵빵!**

책을 읽다가 재미난 장면이나 감동 깊은 장면이 있다면 포스트잇을 빵 붙여요. 중요한 장면에도 포스트잇을 빵 붙여요. 한 번 읽었다고 해서 휙 던져 버릴 것이 아니라 이렇게 저렇게 훑어보고 이야기를 하다 보면 자연스럽게 느낀 점도 말하기 쉽고 글감도 형성된답니다.
- 재미있는 장면이나 중요한 장면이 나올 때마다 포스트잇을 붙여요.

• 두 번째 읽을 때는 포스트잇이 붙어 있는 부분만 골라서 내용을 엮어 보아요.
• 그중 인상 깊은 장면을 세 가지 정도 골라 보아요.
• 감동을 받거나 새롭게 알게 된 사실 등은 다른 색깔로 포스트잇을 붙여요.

■ 독서 후 활동 **다양한 활동으로 기억 남기기**

• 명장면을 따라 그려요.
• 순서대로 중요 장면을 몇 장면 정해서 그리거나 글로 써 보아요.
• 등장인물을 그림으로 그리고 소개해요(옷, 신분, 나이, 대사 등).
• 마음에 드는 구절을 옮겨 써 보고, 내 생각도 덧붙여 보아요.
• 주인공에게 위로의 편지를 써 보아요.
• 다른 사람에게 읽은 책을 추천하고 그 이유도 세 가지 정도 써 보아요.
• 마인드 맵으로 이야기의 소재나 주제를 소개해요.
• 상상력을 펼쳐 뒷이야기를 써 보아요.
• 주인공을 내 이름으로 바꿔 새로운 이야기를 엮어 보아요.
• 주인공이나 줄거리, 배경 등이 비슷한 책을 함께 소개해요.

■ **고전을 읽으며 글쓰기 실력 쑥쑥 늘려요!**

오랫동안 사람들의 입을 통해 전해 내려온 우리 고전을 통해 아이들은 조상들의 지혜와 슬기, 올바른 가치관을 배울 수 있어요. 어려움을 이겨 내는 용기와 서로 돕고 살아가는 마음씨, 다른 사람에 대한 배려와 예의 등을 책을 읽음으로써 자연스럽게 익힐 수 있지요. 또한 간결한 구성으로 이루어져 있어 저학년 아이들이 쉽고 친근하게 책을 읽을 수 있지요. 반복적 표현과 흉내말이 많아 즐거움과 재미를 주고, 상상력도 길러 준답니다. 우리 고전의 특징을 파악하고, 그 안에 담긴 교훈이나 그 시대의 생활과 풍습, 재미있는 표현 등에 대해 생각해 보고 독후감 쓰기를 하다 보면 글쓰기 실력도 쑥쑥 늘어날 거예요.

차례

견우와 직녀

베 짜는 직녀와 소 치는 목동 견우

옛날 옛날, 하늘나라 옥황상제에게는 마음씨도 곱고 얼굴도
무척이나 어여쁜 직녀라는 딸이 있었어요. 직녀는 베를 잘 짜서
붙여진 이름이었지요. 어찌나 촘촘하고 튼튼하게 짜는지 하늘에
서도 땅에서도 직녀의 솜씨를 따라갈 사람이 없었어요. 게다가
손도 빠르고 매우 부지런하기까지 하여 옥황상제도, 하늘나라의
선녀들도 입을 모아 칭찬할 정도였어요.

'달각달각! 달각달각!'

직녀의 베틀은 잠시도 쉴 틈이 없었어요.

"직녀님, 잠시만 쉬었다 하세요. 그러다 몸에 병이라도 나면 어
쩌려고 그러세요?"

하늘나라 선녀들이 찾아와 걱정하며 말했어요.

"괜찮아요. 조금도 힘들지 않아요."

직녀는 여전히 베틀을 멈추지 않고 말했어요. 그러자 선녀들은 어쩔 수 없다는 듯 한숨을 내쉬더니 곁에 앉아 새로운 소식을 전했어요.

"직녀님, 옥황상제님께서 직녀님의 배필을 찾고 계시는 거 아세요? 직녀님도 나이가 찼으니 늠름하고 잘생긴 멋진 신랑을 만나셨으면 좋겠어요."

"직녀님은 어떤 신랑감이 좋아요? 저희한테만 살짝 말해 보세요."

선녀들의 말에 직녀는 아무 말도 못 하고 얼굴만 발그레해졌어요. 매일 베만 짜느라 신랑감에 대해서는 한 번도 생각해 본 적이 없었거든요.

며칠 뒤, 봄꽃 향기가 살랑살랑 온 하늘을 뒤덮자, 선녀들이 또 호들갑을 떨며 직녀를 찾아왔어요.

"직녀님, 직녀님, 우리랑 들판으로 산책 나가요! 이런 날 집에만 있는다면 저 봄꽃들이 토라질지도 몰라요. 베 짜는 건 잠시 멈추고 어서 나오세요."

직녀는 선녀들의 재촉에 못 이겨 오래간만에 산책을 나섰어요. 들판에는 붉은 꽃, 노란 꽃, 큰 꽃, 작은 꽃, 웃는 꽃, 수줍은 꽃, 온갖 꽃들이 고개를 내밀고서 봄 햇살을 담뿍 끌어안고 있었어요.

"아유, 곱기도 해라."

마지못해 따라나섰던 직녀는 저도 모르게 탄성을 질렀어요.

그때였어요. 어디선가 '음매' 하는 소 울음소리가 들렸어요. 직녀와 선녀들은 깜짝 놀라 소리 나는 쪽을 바라보았어요. 들판에 있는 나지막한 언덕 너머에서 들리는 소리였어요. 직녀와 선녀들이 언덕 위에 올라 아래를 내려다보니 늠름하고 잘생긴 한 목동이 소를 치고 있었어요. 목동의 이름은 견우였어요. 견우는 잘생겼을 뿐만 아니라 누구보다 열심히 일해서 옥황상제도 무척 아끼는 목동이었어요.

"어머나! 견우님이잖아. 정말 언제 봐도 의젓하고 멋져요."

선녀들이 반가워하며 말했어요. 하지만 늘 집 안에서 베만 짜던 직녀는 견우를 처음 보았어요. 잘생긴 견우를 보니 왠지 모르게 가슴이 쿵쿵 뛰고 얼굴까지 빨개지고 말았어요. 선녀들은 그런 직녀를 보고는 웃음을 터뜨리며 놀렸어요.

"어머나, 직녀님! 혹시 견우님에게 반하신 거 아니에요? 얼굴이 빨개졌어요!"

"어머나, 아니에요!"

직녀의 얼굴은 더욱 새빨개지고 말았어요.

그때 한가롭게 소를 치고 있던 견우도 소란스러운 소리에 언덕 쪽을 올려다보았어요. 그리고 들에 핀 봄꽃들보다 몇 배나 아리따운 직녀를 보았지요.

"저 고운 여인은 누구지?"

견우도 직녀를 보고 한눈에 반하고 말았어요. 날이 저물고 집에 돌아와서도 내내 직녀의 얼굴을 떠올릴 정도로 말이에요.

다음 날, 옥황상제가 직녀를 불러 물었어요.

"직녀야, 어제 선녀들과 들판에 나갔느냐?"

"네, 아바마마. 선녀들과 꽃구경을 갔사옵니다."

직녀의 대답에 옥황상제는 빙그레 미소를 지으며 다시 물었어요.

"꽃구경만 했더냐? 듣자 하니 네가 들판에서 소를 치는 목동을 보고 반하였다는데, 참말이냐?"

옥황상제의 말에 직녀는 또다시 얼굴이 홍시처럼 빨갛게 물

들고 말았어요.

"네? 제, 제가요……? 아니어요, 아바마마!"

직녀는 말까지 더듬으며 고개를 푹 숙이고 말았어요. 옥황상제는 수줍어하는 직녀를 더욱 놀렸어요.

"그래? 그렇다면 네 배필은 다른 데서 찾아야겠구나. 네가 들판에서 만난 목동이 마음에 든다 하면 짝으로 삼아 주려고 했는데 참으로 안타깝구나."

"견우님을…… 제 배필로요?"

"그래, 하지만 싫다니 어쩔 수 없지 않느냐?"

"저…… 아바마마, 소녀는 견우님이 싫은 게 아니라, 그저……그저 부끄러워서……."

직녀는 옥황상제가 다른 배필을 찾겠다고 하자 결국 속마음을 털어놓고 말았어요.

사실 옥황상제는 선녀들로부터 어제 있었던 일을 듣고 직녀의 마음을 직접 확인할 생각이었어요. 하지만 수줍은 직녀가 속마음을 꺼내 놓지 못하자 일부러 놀려 주려고 말을 빙빙 돌린 것이었지요.

"그래? 그럼 너도 견우가 마음에 든다는 말이냐? 그럼 오늘

내가 견우를 불러 너에 대해 어찌 생각하는지 직접 물어볼 테니 물러가서 기다리도록 하여라."

옥황상제는 곧바로 견우를 불러 직녀와 혼인할 마음이 있는지를 물었어요. 견우는 어제 들판에서 보았던 아리따운 하늘 선녀가 직녀임을 알고 조금도 주저하지 않고 대답했어요.

"상제님, 어제 직녀님을 본 뒤로 저 또한 줄곧 직녀님만 생각하고 있었습니다. 직녀님과 혼인을 시켜 주신다니 정말 꿈만 같은 일입니다."

옥황상제는 견우와 직녀의 마음이 같다는 것을 확인하고는 곧바로 좋은 날에 혼인 날짜를 잡고 성대한 혼인 잔치를 열었어요. 하늘에서 가장 어여쁜 직녀와 하늘에서 가장 늠름한 견우가 신랑 각시로 나란히 서자 그보다 아름다운 조화가 없었어요.

"호호호, 견우님 옆에 직녀님이 계시니 한 폭의 그림 같아. 정말 멋진 한 쌍 아니니?"

혼인 잔치에 모인 이들은 저마다 입을 모아 두 사람의 혼인을 축하해 주었어요. 옥황상제도 흐뭇하게 웃으며 두 사람의 앞날을 축복해 주었어요.

견우는 동쪽 하늘로, 직녀는 서쪽 하늘로

혼인을 한 뒤, 견우와 직녀는 하늘 궁궐에서 하루하루 꿈같은 시간을 보냈어요. 서로의 얼굴만 보아도 웃음이 나고, 말소리만 들어도 아름다운 노랫소리 같아 정신을 차릴 수가 없었지요. 그러다 보니 소를 치는 일도, 베를 짜는 일도 뒷전이었어요.

"어제는 어찌 된 일인지 소들이 외양간에 하루 종일 있던걸요. 견우님이 소를 들판에 풀어 두는 걸 깜빡하신 모양이에요."

"직녀님도 요새는 베 짜는 일에 통 마음이 없나 봐요. 베틀 돌아가는 소리 들은 지가 언제인지 모르겠어요. 직녀님께 며칠 전에 베가 필요하다고 말씀드렸는데도 아직까지 감감무소식이에요. 이러다 옥황상제님이 아시면 크게 혼나실 텐데 걱정이에요."

하늘나라 식구들도 두 사람에 대해 속닥속닥 뒷말을 하기 시작했어요.

아니나 다를까, 얼마 뒤 견우와 직녀는 옥황상제에게 불려 갔어요. 옥황상제는 몹시 화가 난 채로 두 사람을 맞았어요.

"너희가 혼인식을 올리고 난 뒤부터 놀러 다니기만 바쁘다고 들었느니라. 혼인 전에는 소 치고 베 짜는 일에 누구보다 부지런하던 너희가 이렇듯 게으른 모습을 보이다니 정말 실망스럽구나. 서로 다정하게 아끼고 사랑하는 것은 좋은 모습이지만, 각자 해야 할 일에 게으름을 부린다면 다른 사람들에게도 결코 좋은 본이 안 될 것이다. 이제부터라도 다시 예전처럼 부지런하게 일하도록 하여라."

옥황상제는 화를 누그러뜨리고 나직한 목소리로 두 사람을 타일렀어요. 견우와 직녀는 옥황상제 앞에서 잘못을 반성하고 그러겠노라 약속하고 물러나왔어요.

하지만 그때뿐이었어요. 견우와 직녀는 다음 날도, 그다음 날도, 산으로 들로 쏘다니고, 들판 한 가득 피어 있는 꽃송이들 속에서 노느라 시간 가는 줄 몰랐어요.

며칠 뒤, 견우와 직녀가 나무그늘에 앉아 이런 얘기, 저런 얘기를 하고 있는데, 들판에 풀어 놨던 소가 대궐까지 들어가 옥황상제가 아끼는 꽃밭을 엉망으로 망가뜨리고 말았어요.

"아니, 저게 어떻게 된 일이냐? 저 소가 어떻게 대궐에 들어왔단 말이냐?"

옥황상제는 노발대발 화가 나서 소리쳤어요.

"당장 견우와 직녀를 불러오너라!"

견우와 직녀는 겁먹은 얼굴로 옥황상제 앞으로 불려 왔어요.

"내가 며칠 전 그토록 좋게 타일렀건만, 오늘도 정신을 차리지 못하고 놀기에 바빴던 모양이구나. 너희가 일을 제대로 하지 않고 빈둥빈둥 노는 바람에 무슨 일이 일어났는지 두 눈으로 똑똑히 보아라. 견우의 소는 내 꽃밭을 망가뜨리고, 직녀의 베틀에는 먼지만 잔뜩 쌓였구나. 오늘 같은 일이 벌어질 줄 알았다면 너희 둘을 혼인시키지 않았을 것이다!"

옥황상제의 불호령에 견우와 직녀는 얼른 무릎을 꿇고 빌었어요.

"잘못했습니다. 다음부터는 절대……."

하지만 화가 머리 끝까지 난 옥황상제는 두 사람의 말을 듣지 않았어요.

"듣기 싫다! 너희 두 사람은 더 이상 하늘 궁궐에서 살지 못할 것이다. 게다가 게으름을 부린 벌로 너희 두 사람의 부부의 인연도 오늘로 끝이다. 견우는 동쪽 하늘 끝으로 가고, 직녀는 서쪽 하늘 끝으로 가서 떨어져 살아라."

"아바마마, 잘못했습니다. 견우님과 저를 떼어 놓지 마세요. 저는 견우님과 헤어져서는 살 수가 없어요. 제발, 아바마마, 소녀의 간청을 외면하지 말아 주세요."

직녀는 눈물을 뚝뚝 흘리며 애원했어요. 견우도 얼굴이 새파랗게 변해 다급한 목소리로 애원했어요.

"상제님, 제가 어리석었습니다. 상제님이 아끼시는 꽃밭을 망가뜨렸으니 어떤 벌이라도 달게 받겠습니다. 하지만 직녀님과 헤어지라는 명은 거두어 주십시오."

옥황상제는 두 사람의 간청에도 화를 거두지 않았어요.

이렇게 해서 옥황상제의 노여움을 산 견우와 직녀는 은하수를 사이에 두고 동쪽 하늘과 서쪽 하늘로 생이별을 하게 되었어요.

"견우님!"

"직녀님!"

견우와 직녀는 떼어지지 않는 걸음을 힘겹게 떼었어요. 한 걸음 걷고 뒤돌아보고, 또 한 걸음 걷고 뒤돌아보고, 구만 리 하늘 끝으로 쫓겨 가는 걸음걸음마다 눈물방울을 떨어뜨렸어요.

동쪽 하늘 끝으로 쫓겨 온 견우

는 다시 소 치는 일을 맡았어요. 하지만 하루 온종일 헤어진 직녀를 생각하느라 마음을 통 잡을 수가 없었어요. 서쪽 하늘 끝으로 쫓겨 온 직녀도 베틀을 앞에 놓고 하염없이 눈물만 흘릴 뿐이었어요. 동쪽 하늘 끝에 있는 견우가 보고 싶어 견딜 수가 없었거든요. 견우와 직녀는 은하수를 향해 고개를 길게 빼고 서로를 몹시 그리워했어요.

한편, 옥황상제는 사랑하는 견우와 직녀를 강제로 떨어뜨려 놓은 게 마음에 걸렸어요. 두 사람이 동쪽 하늘과 서쪽 하늘에서 일을 열심히 하기는커녕 서로를 그리워하느라 매일 눈물을 흘린다는 소식을 듣고는 안쓰러운 마음도 들었어요.

신하들도 옥황상제에게 엎드려 간청을 했어요.

"상제님, 견우와 직녀에게 내리신 벌이 너무 가혹한 듯합니다. 상제께서 예전에 두 사람의 재주를 매우 아끼신 것을 기억하시고 두 사람을 굽어살펴 주시옵소서."

신하들의 간청에 옥황상제도 마음이 약해져 다시 명을 내렸어요.

"좋다, 견우와 직녀가 일 년에 한 번, 칠월 칠석날에 은하수에서 만나는 것을 허락하노라. 가서 이 소식을 전하고 칠월 칠석날까지는 부지런히 맡은 일을 하라고 전하라."

견우와 직녀는 일 년에 단 한 번뿐이지만 다시 만날 수 있다는 소식에 매우 기뻤어요. 그래서 견우는 소를 더 정성껏 보살피고, 직녀는 다시 달각달각 베틀을 돌리기 시작했어요.

칠월 칠석날에만 만들어지는 오작교

드디어 칠월 칠석날이 되었어요. 꼬박 일 년을 서로 그리워하던 견우와 직녀는 한달음에 은하수 강까지 달려왔어요.

"오늘 드디어 견우님을 만나는 날이야. 견우님은 그동안 잘 지내셨을까?"

"직녀님을 다시 만나다니 꿈만 같아. 어서 가서 품에 꼭 안아 줘야지."

하지만 두 사람의 간절한 바람을 은하수 강이 가로막았어요. 하필 칠월 칠석날에 은하수 강이 크게 불어나 도저히 건널 수 없게 되었지요. 넓고 깊은 은하수 강을 사이에 두고서는 얼굴도 볼 수 없고, 다정한 목소리도 들을 수 없었어요.

"아, 이럴 수가!"

견우와 직녀는 은하수 강가에서 발을 동동 구르며 눈물을 흘렸어요. 어찌나 서글프게 울었는지 땅 위로 큰비가 내려 홍수까지 났어요. 일 년이 지나고 다음 칠월 칠석날에도 상황은 마찬가지였어요.

"견우님!"

"직녀님!"

두 사람은 은하수를 사이에 두고 목이 터져라 이름을 불렀어요. 그리고 일 년 전보다 더 크게 울었어요.

이날에도 땅 위에는 큰비가 내려 홍수가 났어요. 나무에 달린 열매와 꽃들이 모조리 떨어지고, 땅 위 짐승들의 보금자리도 홍수에 다 떠내려가고 말았어요.

땅 위에 사는 짐승들이 모여 서둘러 의논을 했어요.

"더 이상 못 살겠어. 칠월 칠석날마다 웬 비가 이렇게 내리는 건지 원."

"하늘나라 견우님과 직녀님이 은하수를 사이에 두고 서로 만나지 못해 서글피 우는 것이랍니다. 은하수 강물이 불어나 배도 못 띄울 정도래요."

하늘을 가장 높게 나는 새가 어디선가 들은 사연을 땅 위 짐 승들에게 전해 주었어요.

"그래? 그럼 두 사람을 만나게 해 주면 문제가 다 해결되겠구나. 우리가 도울 수는 없을까? 우리 중 날개가 튼튼하고 높이 날수 있는 새들이 은하수까지 올라가 다리가 되어 주면 어떨까? 견우와 직녀가 다리를 건너가 만나게 되면 울지 않을 테지?"

"그것 아주 좋은 생각이야. 그런 일이라면 우리에게 맡겨!"

까마귀와 까치가 나서며 말했어요.

이듬해 칠월 칠석날이 되자, 땅 위의 모든 까마귀와 까치들이 높이 날아올랐어요. 까마귀와 까치들은 힘차게 날갯짓을 하여 은하수에 모였어요. 견우와 직녀는 이날도 은하수를 사이에 두고 울고 있었어요.

"견우님, 우리가 다리를 만들어 드릴 테니 우리를 밟고 직녀님께 가세요."

"직녀님, 우리가 다리를 만들어 드릴 테니 우리를 밟고 견우님께 가세요."

까마귀와 까치들은 머리와 몸을 단단히 맞대어 은하수 위로 긴 다리를 만들었어요. 견우와

직녀는 올해도 서로를 못 만나고 돌아
갈 줄 알았는데, 땅 위 짐승들의 도
움으로 은하수 위로 긴 다리가 만들
어지자 몹시 기뻤어요.

"고맙다, 까치야! 고맙다, 까마귀야!"

견우와 직녀는 까마귀와 까치가 만들어 준 다리를 건너 은하
수 한가운데서 드디어 만날 수가 있었어요.

"견우님, 그동안 정말로 보고 싶었어요."

"직녀님, 우리가 다시 이렇게 만나다니 정말 믿기지가 않아요."

견우와 직녀는 은하수 다리 위에서 두 손을 맞잡고 그동안 하
고 싶었던 이야기들을 나누었어요. 시간이 어떻게 흘렀는지 모
를 정도로 말이에요. 어느새 날이 저물어 가고, 다시 헤어질 걸
생각하니 견우와 직녀는 눈물이 났어요. 그러자 까마귀와 까치
들이 말했어요.

"견우님, 직녀님, 제발 울지 마세요. 두 분이 슬퍼하시면 땅 위
세상에는 큰 홍수가 난답니다. 다음 칠월 칠석날에도 저희가 올
라와 다리를 만들어 드릴 테니 슬퍼하지 마세요."

그렇게 견우와 직녀는 칠월 칠석날이면 매번 까마귀와 까치

가 만들어 준 다리를 건너 서로를 만날 수가 있게 되었어요. 물론 땅 위에 큰비도 내리지 않았지요. 대신 칠월 칠석날 다음 날에 꼭 이슬비가 보슬보슬 내렸어요. 바로 견우와 직녀가 기뻐서 흘리는 눈물이었지요.

칠월 칠석날 은하수에 드리워진 이 다리를 '오작교'라고 해요. 까마귀 오(烏), 까치 작(鵲), 다리 교(橋) 자를 써서 오작교이지요.

참말이냐고요?

칠월 칠석날만 지나면 까마귀와 까치의 머리털이 빠져서 하얗게 되는 게 그 증거랍니다. 견우와 직녀가 머리를 밟고 지나가는 바람에 머리털이 송송 빠지는 거예요. 그래도 믿기 힘들다면 맑은 날 가을 밤하늘을 한번 올려다보세요. 하얀 물줄기 같은 은하수를 사이에 두고 반짝이는 견우별(알타이어 별)과 직녀별(베가별)이 보일 거예요. 견우별이 반짝 빛을 내면, 직녀별이 대답하듯이 반짝 빛을 내요. 실제로 견우별과 직녀별은 북극성을 중심으로 정반대 위치에 떨어져 있다가 음력 칠월 칠일경에 하나로 합쳐진다고 해요.

까막나라 불개 이야기

빛 한 조각도 없는 까막나라

아주 먼 옛날에는 하늘에도 여러 개의 나라가 있었어요. 그 가운데 언제나 캄캄한 밤중만 계속되는 '까막나라'가 있었어요. 까막나라에는 밝은 빛이라고는 한 조각도 없었어요. 세상을 환히 밝히는 해와 달이 없었거든요. 어찌나 캄캄한지 임금님도 신하도, 아버지도 아들도 서로 얼굴을 모를 정도였어요.

온 나라가 캄캄하여 아무것도 볼 수 없어서 백성들도 답답하고 힘들다고 아우성이었어요. 까막나라 임금님도 백성들을 위해 어디서든 밝은 빛을 가져와야겠다고 생각했어요.

"다른 나라들은 빛이 있어 오색이 찬란하고, 구석구석 보이지 않는 것이 없는데, 우리 까막나라에는 빛이 없어 온통 새까만 색

뿐이로구나. 밝은 빛이 한 조각이라도 있다면 모두가 이리 괴롭지 않을 터인데, 참으로 안타까운 일이로고. 해가 있든지, 달이 있든지 어느 것 하나만 있어도 우리 까막나라도 밝은 나라가 될 수 있을 것이다. 무슨 좋은 방법이 없겠느냐?"

까막나라 임금님은 신하들과 방법을 의논했어요.

"임금님, 해나라에 가서 해를 훔쳐 오는 게 어떨까요?"

한 신하가 조심스럽게 의견을 냈어요.

"그래, 그거 좋은 생각이다. 헌데 해나라까지 누구를 보낸단 말이냐?"

"불개를 보내십시오. 용맹한 불개라면 틀림없이 해를 구해 올 것입니다."

불개는 까막나라에서 불을 훔치러 다니는 개였어요. 어찌나 사납고 날랜지 '왕왕' 크게 짖어서 적도 물리치고, 뜨거운 불덩이도 덥석덥석 물어다 옮겼지요.

불개를 보내자는 신하의 말에 임금님은 무릎을 탁 쳤어요.

"그래그래, 당장 우리 까막나라에서 제일 사나운 불개를 데려오너라."

신하들이 까막나라에서 사납기로 유명한 불개를 데려오자 임금님은 그 자리에서 명령을 내렸어요.

"너에게 중요한 일을 맡기겠다. 당장 해나라에 가서 까막나라의 어둠을 밝혀 줄 해를 훔쳐 오너라."

임금님은 불개에게 해를 물어 오면 큰 상을 내리겠다 약속을 했어요.

앗, 뜨거워! 앗, 차가워!

불개는 그길로 해나라를 향해 달려갔어요. 해나라까지는 어마어마하게 먼 길이었어요. 하지만 불개는 하늘을 날 듯 빠르게 달려 금세 해나라에 도착했어요.

해나라에 도착하고 보니 눈이 부실 정도로 세상이 환했어요. 까막나라에는 빛이 없어 온통 캄캄했지만 해나라에서는 구석구석 햇빛이 길게 들어가 밝고 환했어요.

"옳거니! 저기 저 하늘에 떠 있는 둥그렇고, 밝고, 뜨겁게 타고 있는 것이 바로 해로구나."

불개는 뒷발로 힘차게 박차고 뛰어올라 불덩이 같은 해를 덥석 물었어요.

"앗, 뜨거워!"

불덩이도 덥석덥석 무는 불개였지만 해는 그보다 몇천 배나 더 뜨거워 도저히 물고 있을 수가 없었어요. 불개는 온몸이 타들어 갈 것만 같아 해를 탁 뱉어 내고 말았어요.

"어휴, 죽는 줄 알았네."

불개는 해를 훔쳐 가기는 글렀다고 생각했어요. 하지만 그냥 돌아갔다가는 까막나라 임금님에게 혼도 나고, 백성들도 크게 실망할 거라는 생각이 들었어요.

"여기서 포기할 수는 없지."

불개는 다시 한 번 용기를 내서 땅을 박차고 뛰어올랐어요. 그

러고는 해를 덥석 물었지요.

"앗, 뜨, 뜨, 뜨거워!"

조금 전 물었을 때보다 해는 훨씬 더 뜨겁게 느껴졌어요. 입 안이 지글지글 타는 듯해 도저히 견딜 수가 없었어요. 불개는 그 대로 해를 탁 뱉어 내고 땅으로 떨어지고 말았지요. 그 뒤로도 몇 번을 되풀이해서 물어 보았지만 번번이 화들짝 놀라서 뱉어 냈어요.

결국 불개는 해를 훔쳐 가는 것을 포기하고 까막나라로 돌아 왔어요.

"임금님, 해는 불덩이보다 수천 배는 뜨거워 도저히 입에 물 어 올 수가 없었어요."

해를 훔치지 못했다는 말에 까막나라 임금님은 노발대발했 어요.

"뭣이라? 뜨겁다고 그냥 뱉어 버리고 왔단 말이냐? 까막나라 불개가 그 정도 참을성도 없었더냐? 네가 해를 물고 돌아오기만 을 애타게 기다렸는데, 참으로 실망스럽구나."

야단을 맞은 불개는 아무런 말도 못 하고 고개를 푹 숙였어요.

임금님은 아쉬운 마음을 꾹 누르고 불개에게 다시 명령을 내

렸어요.

"해가 뜨거워 물지 못했다면 달이라도 훔쳐 오너라. 달은 해보다는 환하지 않지만 아예 없는 것보다는 낫지 않겠느냐? 달은 해처럼 뜨겁지가 않을 테니 쉽게 물어 올 수 있을 게다. 당장 달나라로 출발하여라. 이번에는 절대 실패해서는 안 된다. 알겠느냐?"

임금님의 명령을 받은 불개는 달나라를 향해 이번에도 하늘을 날듯이 빠르게 달려갔어요. 달나라는 해나라처럼 환하지는 않았지만 하늘에 떠 있는 달 덕분에 세상이 은은하게 모습을 드러내고 있었어요.

"옳거니! 저기 하늘에서 빛나고 있는 것이 달이렷다! 딱 보기에도 해보다는 뜨겁지 않겠다. 이번에는 꼭 성공해야지."

불개는 뒷발로 힘차게 땅을 박차고 뛰어올랐어요. 그러고는 은은하게 빛을 내고 있는 달을 덥석 물었어요.

"앗, 차가워!"

불개는 화들짝 놀라서 달을 탁 뱉어 버렸어요. 달은 얼음덩이처럼 차가워 도저히 입에 물고 있을 수가 없었거든요. 하지만 이번에도 실패하고 돌아간다면 크게 혼쭐이 날 게 뻔했어요. 불개는 용기를 내어 다시 한 번 뛰어올라 달을 덥석 물었어요.

"앗, 차, 차, 차가워!"

조금 전 물었을 때보다 달은 훨씬 더 차가웠어요. 이빨이 시리고 입안이 꽁꽁 얼어붙는 듯해 도저히 견딜 수가 없었지요.

불개는 달을 훔치는 것을 포기하고 힘없이 까막나라로 돌아갔어요.

"임금님, 달이 너무 차가워서 도저히 물어 올 수가 없었어요."

불개의 말에 까막나라 임금님은 화를 버럭 냈어요.

"달도 실패했다는 말이냐? 그까짓 거 하나 물어 오는 게 뭐그리 힘든 일이라고 번번이 실패를 한단 말이냐? 에잇! 꼴 보기

싫다. 당장 물러가라."

　임금님은 몹시 실망해서 몇날 며칠 동안 화를 내고 사소한 일에도 짜증을 부렸어요.

　"앞으로도 계속 새까만 어둠 속에서 살아야 한단 말인가?"

임금님은 해나라나 달나라처럼 밝은 나라를 떠올리면 부럽기도 하고 원통하기도 해 견딜 수가 없었어요.

"까막나라에도 해가 있다면 참 좋을 텐데! 아냐, 달이라도 있다면 얼마나 좋을까?"

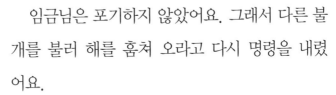

임금님은 포기하지 않았어요. 그래서 다른 불개를 불러 해를 훔쳐 오라고 다시 명령을 내렸어요.

다른 불개가 해를 훔쳐 왔냐고요? 아니에요. 그 불개도 해를 물어 오는 데 실패했어요. 그러자 임금님은 다시 달을 물어 오라고 보냈어요. 달을 물어 오는 것도 실패하자, 다른 불개를 불러 다시 해를 물어 오라고 시키고, 다시 달을 물어 오라고 시켰어요. 그런 일이 몇 번이나 반복되었는지 몰라요. 아무리 보내도 불개는 번번이 빈 입으로 돌아왔지만 임금님은 단념하지 않고 또다시 다른 불개를 보냈어요. 그때마다 새로운 불개는 해나라, 달나라로 달려갔어요.

그렇게 많은 세월이 흘렀어요. 하지만 까막나

라에서는 해도 달도 없기 때문에 세월이 얼마나 흘러가는지 알수가 없었어요. 까막나라 백성들은 여전히 새까만 어둠 속에서 살았어요.

캄캄한 어둠 속에서 임금님의 한숨 소리는 더 크게 들렸어요.

"답답하구나. 당장 가서 해를 훔쳐 오너라."

"해를 훔쳐 오지 못하면 달이라도 훔쳐 오너라."

그때마다 충성스러운 불개들은 하늘을 날듯이 빠르게 달려가 해를 덥석 물었다 뱉어 내고, 달을 덥석 물었다 뱉어 냈어요. 이렇게 불개들이 해와 달을 입에 물었다 뱉어 내기 때문에 요새도 해가 가끔씩 사라졌다 보이고, 달이 사라졌다 보이는 거예요.

북두칠성이 된 형제들

효성이 지극한 일곱 아들

옛날 옛적 어느 마을에 홀어머니를 모시고 사는 일곱 형제가 있었어요. 아버지가 일찍 돌아가셔서 어머니 혼자서 일곱 형제를 힘겹게 키워야 했어요. 어머니는 일곱 형제를 잘 키우는 게 유일한 기쁨이어서 평생을 혼자 살면서 지극정성으로 아들들을 키웠어요.

어머니의 정성과 손길 덕분에 일곱 형제는 누구 하나 부족하지 않게 듬직하게 잘 자랐어요. 바르고 곧게 자란 일곱 형제는 서로 우애도 좋고 효심도 어찌나 깊은지 마을 사람들은 모이기만 하면 칭찬을 늘어놓기 바빴지요.

그러던 어느 해 겨울이었어요. 날씨가 갑자기 추워지면서 쌩쌩

찬바람이 불기 시작했어요.

"아이고, 춥다, 추워! 왜 이리 추울까!"

어머니는 그해 겨울 유난히 추위를 탔어요. 일곱 형제는 어머니가 감기라도 걸릴까 봐 저마다 지게를 지고 산으로 나무를 하러 갔어요.

"화르르 타오르는 불쏘시개도 줍고, 새벽까지 거뜬히 버틸 수 있는 굵은 장작도 해 가자. 어머니 방에 날마다 군불을 지펴 드리려면 오늘 다들 한 지게씩은 해 가야 해."

맏형이 동생들을 보며 말했어요.

"네, 형님! 어머니가 요즘 너무 추워하셔서 걱정이에요."

일곱 형제는 기쁜 마음으로 저마다 지게 가득 나무를 한 뒤 집으로 돌아왔어요. 무거운 나뭇짐도 무겁지 않았어요. 어머니를 따뜻하게 해 줄 땔감이니까요. 일곱 형제는 어머니가 춥지 않도록 이른 저녁부터 밤 늦도록까지 방에 뜨듯하게 군불을 지폈어요.

'이쯤이면 어머니도 더는 춥지 않으시겠지?'

큰아들은 이렇게 생각하면서 어머니 방문을 열고 물었어요.

"어머니, 이제는 춥지 않으시지요?"

둘째 아들도 뜨뜻한 아랫목을 만져 보며 물었어요.

"어머니, 따뜻하지요?"

셋째, 넷째, 다섯째, 여섯째, 막내까지 차례로 어머니 방문을 열고 방이 따뜻한지를 물었어요. 그러면 어머니는 늘 이렇게 대답했어요.

"오냐, 괜찮다."

하지만 대답은 이렇게 하면서도 어머니는 늘 추워 보이는 얼

굴이었어요. 어머니 방에 가만히 귀를 기울이면 따뜻한 방 안에서도 늘 "춥다, 추워, 왜 이렇게 춥지?" 하는 소리가 들렸어요.

"이런, 어머니가 아직도 추우신 모양이다. 군불을 더 따뜻하게 지펴 드리자."

맏형이 자리에서 벌떡 일어나며 말했어요. 얼마쯤 지났을 때는 둘째 아들이 군불을 살피고, 셋째, 넷째, 다섯째, 여섯째, 막내도 새벽녘까지 차례로 불을 살폈어요. 더운 방에다 연거푸 군불을 때서 엉덩이가 델 만큼 방이 뜨거웠지만 어머니는 그래도 계속 혼잣말로 "춥다, 추워, 왜 이렇게 춥지?" 하며 손발을 주물렀어요.

밤마다 사라지는 어머니

그러던 어느 날 밤, 맏형이 밤중에 불을 살피러 나갔다가 깜짝 놀랐어요. 분명히 방 안에 있어야 할 어머니가 안 보였기 때문이에요.

"아니, 이 캄캄한 밤중에 도대체 어머니가 어디를 가

신 거지? 우리한테 아무런 말씀도 하지 않으시고 나가실 리가 없는데……."

맏형은 걱정이 되어 잠이 싹 달아났어요.

"잠깐 어디 바람을 쐬러 가셨나? 금방 돌아오시겠지?"

맏형은 대문 밖에도 나가 보고, 어머니 방문 앞에서도 발을 동동 구르며 기다리고, 이불 속에 누워서도 눈을 말똥말똥 뜨고 어머니를 기다렸어요. 하지만 한 시간, 두 시간이 지나도록 어머니는 돌아올 생각을 하지 않았어요.

새벽녘에야 어머니는 발소리도 없이 살금살금 돌아와서 가만히 방으로 들어갔어요.

"이상하네, 도대체 어디를 다녀오신 걸까?"

맏형은 몹시 궁금했지만 아침이 되어서도 어머니에게 내색하지 않고 밤이 되기를 기다렸어요. 어머니가 아무 말씀도 하지 않고 밖으로 나간 데에는 그만한 이유가 있을 거라 생각했기 때문이지요.

하지만 밤중에 나가시는 어머니가 걱정되어서 가만히 있을 수는 없었어요. 밤이 되자, 맏형은 잠자리에 누워서 일부러 잠자는 체하고 있었어요.

'오늘은 어머니를 몰래 따라가 봐야겠다.'

다른 형제들이 모두 잠이 들고, 사방이 어둠 속에 잠기자 어머니는 조용히 자리에서 일어나 방문을 열고 밖으로 나갔어요. 그리고는 발소리가 나지 않게 조심조심 대문을 나섰답니다. 맏형은 얼른 몸을 일으켜 어머니의 뒤를 따라나섰어요.

"동네로 가는 게 아니었나? 도대체 어디를 저렇게 부지런히 가시는 걸까?"

어머니는 큰아들이 따라오는 줄도 모르고 어두운 밤길을 걸어 동네 밖으로 향했어요. 큰아들은 어머니가 눈치채지 못하게 멀찍이 떨어져 뒤를 쫓았어요.

어머니는 동네를 한참 벗어날 때까지 걷고 또 걷더니 다리가 놓여 있지 않은 냇물 앞에 멈춰 섰어요. 찰랑찰랑 흐르는 냇물은 밝은 달빛에 반짝반짝 빛나고 있었어요.

'설마 어머니가 저 냇물을 건너실까?'

큰아들은 나무 뒤에 숨어 어머니를 지켜보았어요. 그런데 어머니가 치마를 살짝 걷더니 그 차가운 냇물을 찰박찰박 건너는 게 아니겠어요?

"아유, 차다!"

어머니는 얼음장 같은 냇물에 소스라치게 놀라면서도 기어이 냇물을 다 건넜어요. 큰아들도 어머니를 따라 얼른 바짓단을 걷고 차가운 냇물을 건넜지요.

'이렇게 찬데 어머니 발이 얼마나 시리실까?'

냇물을 건넌 어머니는 또다시 타박타박 걷더니 외딴곳에 있는 작은 초가집 앞에서 걸음을 멈추었어요. 그러고는 낮은 목소리로 누군가를 불렀어요.

"벌써 자는 게요? 나 왔으니 문 좀 열어 보구려!"

그러자 초가집에서 웬 늙은 영감이 나오더니 어머니를 반갑게 맞았어요.

"아이고, 추운데 어찌 오셨소? 어서 들어오시오!"

늙은 영감은 이렇게 말하며 어머니의 손을 잡아끌었어요. 그러고는 온기가 흘러나오는 따뜻한 방 안으로 어머니를 데리고 들어갔지요.

늙은 영감은 짚신을 삼아 먹고사는 가난한 홀아비였어요. 어머니와 늙은 영감은 방에 들어가서 그날 있었던 이런저런 이야기를 나누었어요.

'아, 어머니가 말벗을 만나러 오셨구나. 그동안 말씀은 없으셨지만 많이 외로우셨던 거야. 이제라도 저렇게 좋은 말벗을 만나 등도 긁어 주고 이야기도 나누고 하니 참으로 잘됐지 뭐야. 아들이 되어서 여태 어머니의 마음 하나 헤아리지 못했으니 부끄럽구나.'

밤 하늘에 놓인 징검다리

맏형은 서둘러 집으로 돌아와서 동생들을 깨웠어요.

"일어나라, 지금 당장 가서 할 일이 있다."

동생들이 모두 잠에서 깨자 맏형은 그 밤에 자신이 본 이야기를 전해 주었어요.

"아무리 불을 많이 때도 어머니가 춥다, 춥다 하신 것은 다 그 때문이야. 얼음처럼 차가운 냇물을 밤마다 건너갔으니 얼마나 추우셨겠니?"

"우리 모르게 나가셨으니 우리도 모르는 척해 드립시다. 형님, 어머니 모르시게 징검다리를 놓는 게 좋겠어요."

그날 밤 일곱 형제는 다 같이 나가서 냇물에 돌을 날라다 징검다리를 놓았어요.

"이따 어머니가 돌아오실 때 이 징검다리를 건너오시면 발이 시리지 않으실 테지?"

일곱 형제는 완성된 징검다리를 뿌듯하게 바라보았어요. 그러고는 어머니와 마주치지 않게 얼른 집으로 돌아와 시치미를 뚝 떼고 잠자리에 들었어요.

다음 날 새벽, 집으로 돌아오던 어머니는 냇물에 징검다리가 놓여 있는 것을 보고 깜짝 놀랐어요.

"아니, 아까 건너올 때까지만 해도 징검다리가 없었는데 그새 누가 여기다 징검다리를 놓았을까?"

어머니는 일곱 형제가 와서 다리를 놓은 줄은 꿈에도 생각하지 못했어요.

"차가운 냇물에 발을 담그지 않아도 되겠구나. 아, 누군지는 몰라도 참으로 고마운 사람이야."

어머니는 돌을 밟고 징검다리 위를 성큼성큼 건넜어요. 그리고 냇물을 다 건넌 뒤 하늘을 우러러보며 기도를 했어요.

"하느님, 세상에는 참으로 고마운 사람이 많습니다그려. 부디

이 징검다리를 놓아 준 사람에게 복을 주시고, 이다음에 죽어서는 저 하늘에 빛나는 별님이 되게 해 주십시오."

어머니의 기도대로 징검다리를 놓은 효성 깊은 일곱 형제는 복을 받아 죽을 때까지 잘 살았고, 죽은 뒤에는 모두 하늘로 올라가 밤하늘에 반짝이는 별이 되었어요. 일곱 형제가 나란히 징검다리처럼 이어져 있는 북두칠성이 된 것이지요.

믿기 어렵다고요? 그럼 지금 당장 밤하늘에 떠 있는 북두칠성이 어떻게 생겼는지 한번 올려다보세요.

부록

독후 활동

- 내용 확인하기

- 생각 나누기

- 신 나게 활동하기

- 생생 독후감

엄마와 함께 하는 독후 활동

내용 확인하기

1. '견우와 직녀'에서 견우와 직녀는 무슨 일을 하는 사람이었나요?

예시 견우는 소를 치는 목동이었고, 직녀는 베를 잘 짜는 옥황상제의 딸이었다.

2. '견우와 직녀'에서 견우와 직녀는 왜 헤어지게 되었나요?

예시 견우와 직녀는 혼인을 한 뒤 맡은 일을 성실하게 하지 않고 놀기만 했고, 견우의 소가 옥황상제의 꽃밭을 엉망으로 만드는 것도 몰랐다. 그래서 화가 난 옥황상제가 둘을 하늘 동쪽과 서쪽으로 갈라놓았다.

3. '견우와 직녀'에서 칠월 칠석날 견우와 직녀는 어떻게 다시 만날 수 있게 되었나요?

예시 견우와 직녀가 은하수를 사이에 두고 슬피 울자, 땅에 있는 까치와 까마귀들이 하늘로 올라가 다리를 만들어 주어서 만날 수 있었다. 이 다리의 이름이 오작교이다.

4. '까막나라 불개 이야기'에서 까막나라 임금님은 불개에게 어떤 중요한 일을 맡겼나요?

까막나라에 빛이 없어 백성들이 힘들어하자 임금님은 불개에게 해나라에 가서 해를 훔쳐 오라고 시켰다.

5. '까막나라 불개 이야기'에서 불개는 왜 해와 달을 물어 오지 못했나요?

해는 불덩이보다 뜨거워 도저히 입에 물고 있을 수가 없었고, 달은 얼음보다 차가워 도저히 입에 물고 있을 수가 없었다.

6. '까막나라 불개 이야기'에서 해와 달이 왜 가끔씩 보였다 사라진다고 했는지 말해 보세요.

불개들이 해와 달을 입에 물었다 뱉어 내기 때문에 해가 가끔씩 사라졌다 보이고, 달이 사라졌다 보인다고 했다.

7. '북두칠성이 된 형제들'에서 일곱 아들은 왜 어머니 방에 군불을 더 지펴 드렸나요?

> **예시** 어머니가 방 안에서 계속 '춥다. 춥다.' 하셨기 때문이다.

5. '북두칠성이 된 형제들'에서 어머니는 한밤중에 어디를 가셨나요?

> **예시** 짚신을 삼아 먹고사는 가난한 홀아비를 만나기 위해 냇물을 건너 외딴곳에 있는 작은 초가집을 찾아갔다.

6. '북두칠성이 된 형제들'에서 일곱 아들이 냇물에 징검다리를 놓은 이유는 무엇인가요?

> **예시** 어머니가 차가운 냇물에 발을 담그지 않고 건널 수 있도록 징검다리를 놓았다.

1. '견우와 직녀'를 읽고 나도 할 일을 하지 않고 게으름을 피우다 혼이 난 경험이 있는지 생각하여 써 보세요.

~~~~~~

~~~~~~

2. '까막나라 불개 이야기'를 읽고 우리가 사는 세상이 까막나라처럼 빛이 하나도 없다면 얼마나 불편할지 생각하여 써 보세요.

~~~~~~

~~~~~~

3. '북두칠성이 된 형제들'을 읽고 나는 부모님을 위해 무슨 일을 할 수 있을지 생각하여 써 보세요.

~~~~~~

~~~~~~

● 게으름을 피우다 혼쭐이 난 견우와 직녀에게 충고하는 글을 편지 형식으로 써 보세요.

• 가장 기억에 남는 명장면 한 가지를 떠올려서 그려 보세요.

견우와 직녀를 읽고

직녀는 견우와 사랑을 했어요. 직녀는 베를 잘 짰고 견우는 소를 잘 쳤지만 둘은 사랑에 빠져서 일을 하지 않았어요. 임금님은 화나서 직녀는 서쪽으로 견우는 동쪽으로 보냈어요. 저는 둘이 헤어질 때 너무 슬펐어요. 임금님도 마음이 아파서 일 년에 한 번 칠월 칠일에 만나게 해 주었어요. 하지만 견우와 직녀는 서로 만지지도 못해서 울었어요. 그 눈물은 비가 되어 내려왔죠. 비가 올 때 마다 홍수가 나서 동물들끼리 회의를 했어요. 의논 끝에 까치와 까마귀가 다리를 만들어 견우와 직녀를 만나게 했어요. 저는 그때 행복했어요. 꼭 이산가족이 만나는 것 같았어요. 견우와 직녀가 헤어질 때에는 눈물을 흘렸어요. 그 눈물은 가랑비가 되었고, 까치와 까마귀가 놓은 다리를 오작교라고 하였습니다.

경기도 부천시 상인초등학교 공민성